茗余集

（第一辑）

朱志峰

西北大学出版社

序

诗词是最精美的文学艺术形式。优美的诗作不独在于其语词的凝练,韵律的明快,更重要的在于它是生命的震颤、灵魂的惊异,在于它能以震颤引起震颤的共振,以惊异引起惊异的响应。朱志峰先生的《茗余集》(第一辑)是一本能引起共振与响应的诗词佳作。

《茗余集》(第一辑)把我带到封尘已久的中学回忆中。1972 年,我在新丰中学读高一,志峰兄读高二,因为共同的作文特长,我俩分别担任各自班上的通讯员,这让我有幸结识了一位阳光帅气、热情和善、真诚仁爱、勤学好思的学长,四十多年过去了,我们都走近两鬓生烟的花甲之年,但始终未变的是他对世界的惊异之心,对生活的澎湃激情,以及他的热情和善、真诚仁爱的品格、勤学好思的习惯,当然,还有我们之间愈酿愈醇的友谊。

心存大爱,万象皆美;胸无激情,天地失色。正是凭借着他真诚仁爱的品性和对生活的激情,让他从艰苦的农村走进大学,进而成长为一名优秀的技术干部,成长为一名享受国务院特殊津贴的药学专家,成长为一名文理兼蓄、品位不凡的知名学者。

家风醇朴开善境,世事沧桑悟箴言。生物矿物蕴大道,药理事理通天玄。父母的仁爱,给了他永久的仁德;书籍与游历,激活了他对知识的兴趣。曾经的贫穷,给他以恻隐之情;曾经的艰苦,给了他朴实的作风;曾经的挫折,给了他沉稳的心态。他所从事的药学专业,让他能从生物学中理解生命的本质,从矿物学中理解宇宙的无限与自然的永恒;中国古代医药理论让他学会了辩证思维;贤惠的妻室,让他保持着清醒的信念;药检技术管理工作,强化着他严谨的学风。一部诗作,展示着作者博大的情怀,淳厚的本性,洞见的眼光,生活的智慧。

《茗余集》(第一辑)汇集了作者近5年来在生活中的即兴之作,共计200余首,分为《山水名胜游览篇》《田园自然风光篇》《季节变化即景篇》《人文科技历史篇》《人生哲理感悟篇》《亲情友情绵亘篇》约计十万言。纵览所有作品,可谓立意巧妙新颖,境界高远,气韵贯通,文辞讲究。许多诗篇、句子让人爱不释手、掩卷能详:"立世当怀恩报心,仁爱二字抵万金""善不欲见方真善,恶恐人知生大危"(《善良的断想》);"于无声处守战阵,一片忠诚越千关,食药事大关国运,民无怨声九州安"(《食药检测四十春》);"母植国槐阶前立,游子凝望泪两行""人生尽孝莫等待,时过境迁空悲伤"(《母亲节追思》);"忠言逆耳岂能烦,回味无穷心里甜。倘若不是真诚意,谁还多事管那宽"(《忠言逆耳》);"凌顶纵览天地小,众山仰我在云巅"(《南五台》);"独立万仞势峥嵘,一览武夷傲群峰。登临方知天地小,玉宇无限纳胸中"(《天游峰》)。当然,作品在平仄对仗方面还不够讲究,个别文辞还不够练达,但瑕不掩瑜,《茗余集》(第一辑)不失为一本能给人带来震颤、响应的佳作。

有感于志峰兄执着的文学心路,也有感于我们四十年的情谊,特撰诗二首,以贺《茗余集》(第一辑)的付梓出版:

其一

英姿少年出零口,倾情诗书到白头。
满腹经纶立天地,一腔豪情壮春秋。
山水穷复见气象,道路崎岖出坦途。
心胸洞达观世界,喜怒幽怨皆风流。

其二

雕玉琢金十万言,亦歌亦泣记华年。
天高地阔彰刚健,山峙河浩秉自然。
草木枯荣结愁怨,岁月炎凉寄悲欢。
读到生死别离处,热泪纵横湿衣衫。

是为序。

长安大学 段联合

2015 年 11 月

目　录

山水名胜游览篇

田园自然风光篇

季节变换即景篇

人文科技历史篇

人生哲理感悟篇

亲情友情绵亘篇

山水名胜游览篇

南五台[1]

晨起驱车赴南山，
田野金黄麦浪翻。
终南阴岭叠翠秀，
远眺五峰[2]云雾间。
九曲山道云龙舞，
万岭密林鸟声喧。
凌顶纵览天地小，
众山仰我在云巅。

——2010年6月6日

---

①南五台位于陕西省西安市南约30公里，为终南山支脉，古称太乙山，为“终南神秀之区”，是中国著名的佛教圣地之一，现为终南山国家森林公园的一部分。

②五峰指清凉、文珠、现身、灵应、观音五峰。从山下看，五座山峰如笔架排列，一览无余，似乎近在咫尺；从山上向下看，青山连绵，气势恢弘，茫茫秦川，空旷辽阔。

南宫山[1]

晨起云低伴雨声，
山路弯曲路泥泞。
看山非山雾非雾，
万阶长梯攀仙宫。
真身不朽[2]叹奇妙，
逸士得道聚仙峰。
云海变幻眼花乱，
世间桃源不虚行。

——2010 年 7 月 14 日

---

①南宫山位于陕西省岚皋县境内，系大巴山北坡化龙山支脉，由二郎坪、金顶、火山岩、高山栎、莲花寨五大景区组成，景区内溪流飞瀑，云岚蔚蒸，空山灵雨，气象万千，高山飘雪花，低山开桃花，一山有四季，十里不同天，享有“云中净土，世间桃源”的美誉。

②清嘉庆二十五年(公元 1820)七月初二，高僧弘一大师在金顶莲花盆中圆寂，真身百年不腐，为南宫山增添了浓厚的神秘色彩。

辋川[1]游

其一

唐时王维[2]隐居地，
闻说溶洞[3]景观奇。
青山列队迎宾客，
热风扑面汗淋漓。
迈步登山蝉声乐，
入洞仙境寒气袭。
语穷难喻天工妙，
绝笔堪写造化奇。

其二

出洞黑云压山低，
急匆下山欲填饥。
忽有流岚聚骤雨，
飞驰铁骥[4]穿云霓。

电闪雨瀑普天落,
顷刻道路滚流泥。
独秀[5]觅食充空腹,
一路风光皆旖旎[6]。

——2010年8月2日

---

①辋川是陕西省蓝田县秦岭北麓嶷山间一条美丽的川道,在历史上不仅为“秦楚之要冲,三辅之屏障”,也是达官贵人、文士骚客心醉神驰的风景胜地。

②王维:唐代著名诗人,曾隐居于辋川。

③辋川溶洞多由石灰岩构成,洞多钟乳,大洞套小洞,洞洞相通,洞内奇石嶙立、形态各异,潺潺流水,寒气逼人,最神妙的是敲打钟乳可发出不同节奏的音律。

④铁骥指汽车。

⑤独秀是蓝田县城有名的地方风味小吃店。

⑥旖旎本为旌旗随风飘扬的样子,引申为柔和美丽,多用来描写景物柔美、婀娜多姿的样子。

翻越二郎山[①]

川藏公路[②]沿江行，
远近高低景不同。
一山更比一山险，
一峰未尽一峰迎。
穿隧[③]越过二郎山，
侧耳大渡[④]巨浪声。
白云深处农舍新，
高山幽静佛乐鸣。

——2010 年 8 月 27 日

---

①二郎山位于四川省雅安市天全县境内，是青衣江、大渡河的分水岭，为自然地理的分界线。

②川藏公路东起四川省省会成都市，西止西藏自治区首府拉萨市，是连通四川成都与西藏拉萨之间汽车通行的第一条公路。

③隧指川藏公路二郎山隧道，位于四川省雅安市和甘孜州交界的二郎山，是川藏线改造咽喉工程。

④大渡指大渡河，位于四川省西部，古称沫水，是中国岷江最大的支流，是长江的二级支流。大渡河为高山峡谷型河流，地势险峻，水流汹涌，自古有“大渡天险”之说。

晨观海螺沟①

海螺沟晨奇景观，
远眺雪山耸云间。
旭日初升金辉映，
一弯银钩挂西天。

——2010 年 8 月 28 日

---

①海螺沟位于四川省甘孜藏族自治州东南部，贡嘎雪峰脚下，以低海拔现代冰川著称于世，是青藏高原东缘的极高山地。晶莹的现代冰川从高峻的山谷铺泻而下，将寂静的山谷装点成玉洁冰清的琼楼玉宇；巨大的冰洞、险峻的冰桥，使人如入神话中的水晶宫。2010 年 8 月 28 日清晨，笔者游冰川世界海螺沟，旭日、雪山、月亮三位一体，相映成辉，即兴而赋。

贡嘎雪山[1]

贡嘎洁白傲立天，
四周青山仰首观。
云白漫舞献哈达，
游子虔诚拜神山。

——2010年8月28日

---

①贡嘎雪山位于四川省康定以南，主峰海拔7556米，是四川省最高的山峰，被称为“蜀山之王”。

雪山冰川[1]

缆车扶摇上雪山，
瞬间冬夏两重天。
冰层晶莹胜洁玉，
溶水聚流细浪翻。
涛声悦耳阳光闪，
寒气袭人衣着单。
雪崩声催群山颤，
天地造化真奇观。

——2010 年 8 月 28 日

---

①贡嘎雪山地区有冰川 74 条，冰川面积 255.1 平方公里，是横断山系与青藏高原东部最大的冰川群，以山谷冰川为主，包括冰斗冰川、悬冰川等山岳冰川类型。

诺尔盖草原①

草原雨后天空晴，
白云起舞弄清风。
牛羊悠闲觅水草，
绿地蓝天入画屏。
藏包点点嵌玉缀，
羌歌袅袅世外情。
细流绿草绘图卷，
只身融于草原中。

——2010年8月31日

①诺尔盖草原是青藏高原东部边缘一块特殊的区域，地处黄河上游的大拐弯，海拔高度在3300米至3600米之间，宛如一块镶嵌在川西北瑰丽夺目的绿宝石，素有“川西北高原绿洲”之称，是我国三大湿地之一。

盆景滩[1]

奇树珍景水中展，
水流平滩见奇观。
姿态千秋尽风骚，
神雕鬼塑美斑斓。

——2010 年 9 月 1 日

①盆景滩又称“盆景海”，是进入九寨沟的第一个滩流景观，整个景点犹如一座巨大的盆景，杜鹃、杨柳、松树、柏树、高山柳和各种灌木丛矗立水中形成了千姿百态的自然盆景。

箭竹海[1]

雨停初晴气湿润，
箭竹海面倒影随。
水中仙山轻雾绕，
人间仙境过眼云。

——2010 年 9 月 1 日

---

①箭竹海位于九寨沟中日则沟的上部，湖畔箭竹葱笼，杉木挺立，水中山峦对峙，竹影摇曳，即使是严冬，一汪湖水仍波光粼粼，充满生气。

诺日朗瀑布[①]

飞流直下涛声急，
天垂玉练白浪激。
水雾飞腾生梦幻，
热情相拥难分离。

——2010 年 9 月 1 日

---

①诺日朗瀑布位于四川省阿坝藏族羌族自治州九寨沟县内，是中国大型钙化瀑布之一，也是中国最宽的瀑布。藏语中诺日朗意指男神，也有伟岸高大的意思，因此诺日朗瀑布的意思就是雄伟壮观的瀑布。

五花海[①]

天水云山雾迷离，
五花海水景旖旎。
步移目换人忘返，
疑是梦幻仙境奇。

——2010 年 9 月 1 日

①五花海位于四川省九寨沟日则沟孔雀河上游。五花海美景是由于海底的钙华沉积、各种色泽艳丽藻类以及岸边五彩斑斓的林木倒影而形成的，使得五花海同一水域呈现出鹅黄、藏青、墨绿、宝蓝等各种颜色，故称“五花海”，湖水在阳光的照射下，五光十色，非常迷人。

树正瀑布[1]

树正高耸瀑布端,
水冲浪击仍岿然。
天生我树何所惧,
胜过青松傲雪寒。

——2010 年 9 月 1 日

---

①树正瀑布位于四川省九寨沟风景名胜区树正沟中,是入沟见到的第一个瀑布,也是九寨沟四大瀑布中最小的一个,但也能让初游九寨沟的人感到惊心动魄。上游的湖水沿着浅滩四处漫流,被水中的树丛分成无数股水流,最后汇集到树正瀑布顶端的山崖边,奔流附落,水雾四散,构成了神采飘逸,气度雍容的一片水帘。

九寨沟原始森林①

古木耸立欲参天，
自生自灭归自然。
曲径通幽道深处，
松鼠伴人雨拂面。

——2010年9月1日

①九寨沟有面积较大的原始森林，原始森林枝叶苍黑如盖，遮天蔽日，林中弥漫树脂的芳香，置身林间有回归自然、与世隔绝之感。

岷山雪宝鼎[1]

蓝天白云映雪山,
雪宝鼎顶穿云天。
阳光灿烂举目望,
一山一峰各奇观。

——2010 年 9 月 2 日

①雪宝鼎又名雪宝顶、雪栏山,位于四川省松潘县城东 25 公里,系岷山山脉主峰,主峰海拔 5588 米。雪宝鼎山区角峰众多,大多四壁陡峭,峰顶尖锐,山势险峻,雄奇巍峨,被人们作为崇高、伟大、圣洁的象征,是道教、藏传佛教圣地,藏族群众尊之为“神山”。

明镜倒映池[1]

下水漫黄川，
人颜镜里观。
俯看云飞渡，
云中有青山。

——2010年9月2日

---

①明镜倒映池是位于黄龙“金沙铺地”左侧面的一组池群，有大小池子80余个。池面光洁如镜，水质清丽碧莹，天光云影，雪峰密林，倒映池中，镜像清晰，色泽艳丽，洋溢着动人的诗情画意。

金沙铺地[①]

两山夹滩水不急,
水底钙华筑金堤。
疑是龙宫金銮殿,
自然世界妙景奇。

——2010 年 9 月 2 日

---

①金沙铺地距涪源桥约 1338 米,是黄龙色彩最丰富的地表钙华滩流,以金黄色为主,间或镶嵌着乳白色、灰色、暗绿色等色块的坡面上,流淌着薄薄的一层水波,水被坡面钙华的鳞状层叠而荡漾着银色涟漪,犹如金河泻珏,银水溢流,人游此地,大有飘飘欲仙之感。

清平乐·黄龙[1]五彩池

阳光灿烂，
五彩池[2]边看。
水色斑斓出奇观，
仙水神奇自然。

蓝天白云绿池，
五色错落成趣。
四周环顾皆景，
何有江山如此！

——2010年9月2日

---

①黄龙位于四川省阿坝州松潘县境内岷山山脉南麓，3000余个碧透斑斓的彩池，宛如五彩珍珠镶嵌在原始森林中，被誉为“人间瑶池”。

②五彩池是位于黄龙最上端的钙华彩池群，漫步池边，无数块大小不等，形状各异的彩池宛如盛满了各色五彩颜料的水彩板，蓝绿、海蓝、浅蓝等等，艳丽奇绝。

清平乐·黎坪国家森林公园①

巴山之尖，
神奇大自然。
鬼斧神工开新篇，
黎坪森林公园。

巨龙腾空②舞动，
海底石城③异景。
青山秀水悦目，
恰似人间仙境。

——2010年9月4日

①黎坪国家森林公园位于陕西省汉中市南郑县，是以森林景观、地貌景观、水体景观以及现代人文景观和田园风光景观为主，集山景、林景、水景、石景为一体。公园内层层山峦、莽莽林海、溪流清澈，一步一景、四季如画，让人感受天人合一、回归自然的境界。享有“秘境黎坪、陕南第一山水、石林奇境、碧水天堂”等美誉。

②黎坪国家森林公园景区内独有的中华龙山景观，是2008年汶川大地震震开山体后发现的一处奇特地质现象。该山形成于4

亿至5亿年前的奥陶纪，地质运动形成了红褐色的酷似龙鳞、龙脊、龙爪造型的山体，岩面酷似巨龙，形象逼真，活灵活现，像一条条巨龙盘踞于此，因此被称为“中华龙山”。

③海底石城：大约在5亿多年前，黎坪景区是一片海洋，由于长期的地壳运动，形成了奇特的喀斯特地貌，海底城的石头呈石柱、石笋状，形态各异，像一座座城堡。

春登峨眉山[1]

峨眉春秀万木翠,
扶摇[2]踏云游青林。
俯看山花各争艳,
置身仙境怡心神。

——2011 年 4 月 9 日

---

①峨眉山位于四川省峨眉山市境内,是中国佛教四大名山之一。峨眉山层峦叠嶂,山势雄伟,景色秀丽,气象万千,素有“一山有四季,十里不同天”之妙喻,有“秀甲天下”之美誉。

②扶摇指乘坐缆车。

夜登华山[1]

碧空悬玉盘，
山路九盘旋。
虫鸣结天籁，
水流动琴弦。

——2011年8月11日

①华山位于陕西省渭南市华阴市，古称“西岳”，为中国著名的五岳之一，南接秦岭，北瞰黄渭，扼守着大西北进出中原的门户，有东、西、南、北、中五峰。

华山索道[1]

自古华山一条路,
嶙峋巉崖苔痕厚。
而今天险有神索,
跃凌天柱一飞渡。

——2011年8月12日

①华山索道沿当年"智取华山"的小道上空飞架,直达北峰,落差近800米,蔚为壮观,结束了"自古华山一条路"的历史。

武隆天坑[①]

武隆地质生奇观，
鬼斧神工凿巴山[②]。
四环壁崖万丈立，
横桥飞架跨云天。
河流奔腾无端逝，
珍珠洒落九天泉。
清新山风爽心肺，
游子当歌大自然。

——2011 年 10 月 16 日

---

①武隆天坑位于重庆市武隆县，是全国罕见的地质奇观生态型旅游区，以天龙桥、青龙桥、黑龙桥天生三座规模庞大、气势磅礴的石拱桥称奇于世。景区峰青岭翠、悬崖万丈、壁立千仞、绿草成茵、飞泉流水，一派雄奇、苍劲、神秘、静幽的原始自然风貌，以山、水、瀑、峡、桥共同构成一幅完美的自然山水画卷。

②巴山指大巴山脉，位于中国西部，是中国陕西、四川、重庆、湖北四省市交界地区山地的总称，东西绵延 500 多公里，故称千里巴山，也是嘉陵江和汉江的分水岭，四川盆地和汉中盆地的地理界线。

蜈支洲岛[1]

十月三亚艳阳天，
海浪击岸雪堆卷。
碧水蓝天共一色，
万千锦鳞[2]水下欢。
珊瑚[3]异彩童话界，
七色斑斓仙境间。
多娇宝岛世无双，
置身恍若已成仙。

——2011 年 10 月 18 日

---

①蜈支洲岛位于海南省三亚市亚龙湾景区内，是躲在亚龙湾美景身后静静绽放光彩的度假天堂，全岛呈不规则蝴蝶状，临海山石嶙峋陡峭，直插海底，惊涛拍岸，蔚为壮观。中部山林草地起伏逶迤，绿影婆娑。北部滩平浪静，沙质洁白细腻，恍若玉带天成，极目远眺，烟波浩渺，海天一色。

②锦鳞是鱼的美称，万千锦鳞形容海底五光十色的多种鱼类，自由徜徉在水中。

③蜈支洲岛南部水域海底有着保护很好的珊瑚礁，五彩斑斓，形态奇异，是世界上为数不多的唯一没有礁石或鹅卵石混杂的海岛。

呀诺达热带雨林[1]

呀诺达声乐耳边，
驱车山路十八弯。
绿荫夹道迎陕客[2]，
云萦雾绕似成仙。
奇花异树各珍稀，
婀娜多姿舞女兰[3]。
千年榕树结连理，
志同道合行海南。

——2011 年 10 月 18 日

---

①呀诺达热带雨林景区位于海南省三亚市保亭黎族苗族自治县三道镇，是名副其实的三亚后花园。景区北与五指山、七仙岭比肩相连，东眺南海万倾波涛，美丽的海棠湾近在咫尺。“呀诺达”是形声词，在海南本土方言中表示一、二、三，景区赋予它新的内涵，“呀”表示创新，“诺”表示承诺，“达”表示践行，同时“呀诺达”又被意为欢迎、你好，表示友好和祝福。

②陕客指陕西省知识产权考察组成员。

③舞女兰为兰花的一种，又名文心兰、金蝶兰等，其花朵色彩鲜艳，形似飞翔的金蝶，又似翩翩起舞的舞女。

毛公山[1]

盘古开天造自然，
鬼斧神工毛公山。
伟人容颜同日月，
永保华夏生民安。

——2011 年 10 月 19 日

①毛公山指海南毛公山，位于海南省乐东黎族自治县东部保国农场境内的保国山，以安卧山顶的岩石酷似毛泽东形象而闻名于世。毛公山自然景观除了地貌造像外，整条山体结构雄浑，群峰起伏，堆青叠翠，山下的雅亮河与南文河清澈见底，河滩布满斑驳陆离的五彩奇石，山水互相辉映，毛公山显得格外雄伟且瑰丽。

南天柱[①]

南天一柱顶立天，
无私无畏守海南。
狂风巨浪任吹打，
昂首挺立护家园。

——2011 年 10 月 19 日

---

①南天一柱位于海南省三亚市天涯海角游览区内，一尊高大兀立的圆锥形奇石，象一支神笔直指苍穹。南天一柱石又名财富石，相传“财富石”有化腐朽为神奇的灵气。

椰林[1]游

椰岛[2]驰车穿椰林,
椰树比肩蔽日辉。
风吹椰叶齐招手,
椰果累累枝头堆。

——2011年10月20日

①椰林指海南省文昌市东郊椰林风景区,椰林一望无际,海风椰韵,置身其中令人陶醉。

②海南岛又被称为椰岛。

清平乐·海南

碧海绕环，
琼州[①]换新貌。
人间仙境何处找，
祖国海南宝岛。

四季翠媚花俏，
经年游人如潮。
盛世国泰民安，
放眼海阔天高。

——2011 年 10 月 20 日

---

①琼州即海南省。

纽约第五大道[①]

人如潮涌后推前,
高楼林立各穿天。
初夜华灯耀目眩,
疑是置身银河间。

——2011 年 12 月 17 日

①纽约第五大道是美国纽约市曼哈顿一条重要的南北向干道,被称为“梦之街”。

玉女峰[1]

亭亭玉立群山中，
溪水淙淙鼓琴鸣。
春光明媚关不住，
置身仙境忘归程。

——2012 年 3 月 30 日

---

①玉女峰位于福建省武夷山九曲溪二曲溪南，突兀挺拔数十丈，因其酷似亭亭玉立少女而得名。

天游峰①

独立万仞势峥嵘，
一览武夷傲群峰。
登临方知天地小，
玉宇无限纳胸中。

——2012 年 3 月 30 日

---

①武夷山天游峰位于福建省武夷山景区中部的五曲隐屏峰后，它独出群峰，云雾弥漫，山巅四周有诸名峰拱卫，三面有九曲溪环绕，武夷全景尽收眼底，为武夷山第一胜地。

晨别武夷

面迎朝阳离武夷，
青山绿水拽客衣。
微风摇竹知人意，
送别故人情依依。

——2012年4月1日

山顶清泉

高山之顶泉水涌，
起伏跌宕步轻盈。
叮咚悦耳琴声脆，
滋润山色不言功。

——2012 年 7 月 28 日

秦岭高山草甸[1]

高山草甸别样情，
绿草百花起舞迎。
伏日阳光热不见，
唯有清风伴吾行。

——2012 年 7 月 28 日

---

①秦岭梁高山草甸位于长安区滦镇街道办境内沣峪鸡窝子东，高山草甸所在的秦岭梁是秦岭梁分水岭的一部分，是黄河、长江两大水系的分水岭，是地理上的南北分界线。此处山高云闲风劲，极目眺望，北方的厚重阳刚雄浑大气，南方的俊俏妩媚温软灵秀，在大自然的鬼斧神工下体现的淋漓尽致。

关山草原[1]

绿毯起伏翠绵延，
骏马羊群嵌其间。
六月[2]如春气宜人，
草原驰马活神仙。

——2012年8月4日

---

①关山草原位于陕西省宝鸡市陇县西南部，是中国西北内陆地区唯一的以高山草甸为主体的具有欧式风情的省级风景名胜区。关山草原尤如“塞内边疆”，春季草原鹅黄，夏季山花烂漫，秋季层林尽染，冬季白雪皑皑。四季更替，景色秀丽、气象万千、恢宏壮观，实乃人间仙境。

②六月指农历六月。

关山滑索

滑索飞渡两山间，
腾空一跃离弦箭。
脚踩云雾耳生风，
凌云展翅鹰[1]鹞[2]旋。

——2012 年 8 月 4 日

①鹰是猛禽类，嘴钩曲，趾有钩爪，十分锐利，捕食小兽和其他鸟类。

②鹞是一种凶猛的鸟，样子像鹰，比鹰小，捕食小鸟，通常称“鹞鹰”“鹞子”。

关山天景

阳光云雾共争空，
时而阳光时云浓。
大天世界谁主宰，
神奇变换美无穷。

——2012 年 8 月 4 日

关山滑草

青草莹莹铺绿毯，
滑车飞驰凌云巅。
飞翔直下三千尺，
老夫啸歌纵狂欢。

——2012 年 8 月 4 日

关山草原缆车

缆车扶摇登青天，
脚下百花吸双眼。
彩蝶飞舞恋花姿，
天上人间已不辨！

——2012 年 8 月 4 日

黄河壶口①

龙阵万里奔腾狂，
咆哮壶口惊穹苍。
势吞千壑撕天地，
直下龙槽战龙王。

——2012 年 8 月 17 日

①壶口瀑布东濒山西省临汾市吉县壶口镇，西临陕西省延安市宜川县壶口乡，是黄河上唯一的黄色大瀑布，也是中国的第二大瀑布，号称“黄河奇观”。其声如雷鸣，气势壮观，以排山倒海的独特雄姿著称于世，是世界上最大的黄色瀑布，也是伟大的中华民族精神的象征。壶口瀑布，是由于黄河流至壶口一带，两岸苍山夹峙，把黄河水约束在狭窄的黄河峡谷中，河水聚拢，收束为一股，奔腾呼啸，跃入深潭，溅起浪涛翻滚，形似巨壶内黄水沸腾，故曰“壶口”。

秋雨骊山[1]

秋雨丝帘笼骊山，
云雾缭绕象万千。
天工玉机织不尽，
百里组锦意连绵。

——2012 年 8 月 19 日

---

①骊山是秦岭北侧的一个支脉，东西绵延 20 余公里，远望山势如同一匹骏马，故名骊山。这里温泉喷涌，风景秀丽多姿，有被称为“关中八景”之一的“骊山晚照”、烽火戏诸侯的烽火台、纪念西安事变的兵谏亭、纪念女娲补天的老母殿等景点。

车行太行山[①]

霜染秋叶太行山，
红黄翠紫色斑斓。
车驰如风云舞动，
奇峰各异插云天。

——2012 年 10 月 13 日

---

①太行山又名五行山，北起北京西山，南达豫北黄河北岸，西接山西高原，东临华北平原，绵延 700 余公里，为山西东部、东南部与河北、河南两省的天然界山。太行山形势险峻，历来被视为兵要之地。

沙漠[1]冲浪

马达轰鸣震天响,
沙漠冲浪车癫狂。
急下俯冲身腾空,
猛上飞天似脱缰。
女子惊吓尖声叫,
男儿冷汗骤然淌。
天翻地覆一瞬间,
英雄无畏最风光。

——2013年3月30日

---

①沙漠指新疆喀什达瓦昆沙漠,位于岳普湖县铁力木乡,被称为"中国沙漠风景旅游之乡"。

品玉[1]

盘古开天岩浆炼，
鬼斧神工修亿年。
白玉油润生金贵，
碧玉绿深气不凡。
墨玉沉稳天地重，
黄玉泛金耀斑斓。
人间璞玉生灵性，
精雕细琢美人寰。

——2013 年 3 月 31 日

---

①新疆之行，玉器市场观光，琳琅满目，原石之乡，品类之多，精雕之巧，美不胜收，仔细品味，蕴含无穷，有感而发。

终南[1]行

碧空丽日终南行，
岚烟交绕万千峰。
远山由近皆滴翠，
心旷神怡入画中。

——2013年6月11日

---

①终南指秦岭。

重游金丝峡[1]

数峰穿云顶不见，
金丝奇峡峰中穿。
缆车扶摇伴云行，
清流激石响潺湲。
自然神奇生仙境，
游人如织喜登攀。
夏日难得清凉地，
旧地重游尽开颜。

——2013 年 6 月 29 日

①金丝大峡谷国家森林公园位于陕西省商南县东南部新开岭腹地。峡谷风光秀丽，风格独特，风景如画，具有窄、长、秀、奇、险、幽的特点，集峰、石、洞、林、禽、兽、泉、潭、瀑等自然景观于一体，步移景异，景象万千，被誉为“峡谷奇观，生态王国”。

荷兰印象[①]

大片翠绿大片黄，
油光骏马美牛羊。
白云悠悠碧空渡，
水网交织清波扬。
古老风车悠闲转，
现代科技巨臂张。
举目沃野连天际，
西方荷兰访天堂。

——2014 年 7 月 17 日

---

①荷兰位于欧洲西北部，濒临北海，以海堤、风车和宽容社会风气闻名。美丽的运河交织出“水都”风光，林立的博物馆囊括荷兰所有知名画家的作品。风车、木鞋、奶酪、郁金香号称荷兰四宝，而木鞋又位于四宝之首。2014 年 7 月中旬笔者赴荷兰考察学习。

荷兰花卉交易市场

锦绣天地花似海，
花流滚滚不尽来。
赤橙黄绿白蓝紫。
万千色彩笑颜开。

——2014 年 7 月 18 日

阿姆斯特丹运河[1]印象

其一

天低云飞细雨淋，
运河波清空气新。
游艇信步穿梭行，
水网交错景相随。
岸低桥小天工巧，
教堂耸天钟声沉。
楼房风格各特异，
天地人和自然美。

---

①阿姆斯特丹运河在荷兰西部,1952年建成,是西欧最繁忙的运河之一。总长度超过100公里,拥有大约90座岛屿和1,500座桥梁,使得该市被称为“北方的威尼斯”。

其二

运河入海天地宽，
阳光穿云视野远。
白浪涌动海鸥飞，
巨轮[1]旗展傲海岸。
时空隧道话古今，
狮头古船拟扬帆。
兰桥皇冠悠然过，
此行和谐感万千。

——2014年7月20日

---

①巨轮指阿姆斯特丹运河上的游轮。阿姆斯特丹是座水城，河网交错，河道纵横，河道上泊有数千家“船屋”，乘玻璃船游览阿姆斯特丹才能真正体会水城的独特韵味，游船穿行在著名的河道间，河道两旁是典型的荷兰传统民居建筑。

嘉陵江源[①]

嘉陵江水源秦岭，
四面青山翠绿拥。
万汇奔流入江海，
善积涓流大道成。

——2014 年 8 月 5 日

①嘉陵江源头位于陕西省宝鸡市南的秦岭之巅，是“百公里生态花廊”的北大门，因嘉陵江的发源地而得名。

榆林滨河[①]

骊城[②]天高碧空远，
风摇柳枝舞蹁跹。
野鸭逍遥逐波戏，
锦鳞飞跃水上欢。
层级水流卷细浪，
落差银瀑滚珠翻。
胜景迭出接不尽，
游目疑是入江南。

——2014 年 9 月 18 日

①榆林滨河公园位于陕西省榆林市榆阳城区，园区内一片片绿地与青石相伴，一座座楼台被碧水环绕，湖水在阳光下闪耀，像一颗璀璨的明珠焕发着无限活力。

②驼城指榆林市城区。

田园自然风光篇

蝴蝶兰[①]

红色娇艳独吸眼，
双翅舒展舞翩跹。
自然万品出造化，
何花可比蝴蝶兰。

——2011 年 6 月 13 日

---

①蝴蝶兰为兰科蝴蝶兰属，因其花姿如蝴蝶飞舞而得名，素有“兰中皇”之美誉。花语为我爱你，象征着高洁、清雅。红色蝴蝶兰花语为仕途顺畅，幸福美满。

夏雨初晴[1]

夏雨初晴旭日升，
碧空如洗白云净。
远眺终南[2]黛色起，
清风带湿润心容。
车流滚动沐朝阳，
轻曲入耳一身轻。
天地人和美自然，
心旷神怡融其中。

——2011 年 6 月 23 日

---

①夏雨初晴，旭日东升。碧空如洗，白云洁净。终南含黛，润气清风。晨曲轻伴，心身轻松。即兴一首，忧烦无踪。

②终南指终南山，又称中南山，古名太乙山，主峰在西安长安区，简称南山。终南山地形险阻，道路崎岖，大谷有五，小谷过百，连绵数百里。

槟榔树[1]

婷婷玉姿气冲天，
翠绮羽帽戴云巅[2]。
摇曳海风承玉露，
酿成仙果[3]头顶悬。

——2011 年 10 月 20 日

---

①槟榔树茎直立，乔木状，树干不分枝，高达 12～15 米，最高可达 30 米。

②槟榔树叶簇生于茎顶，羽片多数，两面无毛，狭长披针形。

③仙果指槟榔果，具有止泻治痢、杀虫去积、帮助消化的功效，还具有护齿功能，嚼槟榔还能起提神作用。

海滩摇篮[1]

置身椰湾摇篮中，
秋千回荡凭海风。
涛声连续催眠曲，
悠悠天乐入梦中。

——2011 年 10 月 20 日

①海滩摇篮位于海南省文昌市椰林海滩上。

春露

春旱日久盼雨生，
黎明轻闻滴答声。
推窗润气扑人面，
甘露滚落万物醒。

——2012 年 3 月 1 日

踏青

和煦春风轻,
暖阳挂碧空。
青山如画里,
沃野麦苗青。

——2012 年 3 月 10 日

九九[1]尽

九尽桃花开，
万物喜绿来。
柳枝泛青翠，
轻风扫雾霾。

——2012 年 3 月 11 日

---

①我国古代将冬至日算起的八十一天分为九段，各为九天，数到八十一天时便“九尽桃花开”。

初春

柳枝轻舞动，
翠绿透晶莹。
春色惹人醉，
不觉融入中。

——2012 年 3 月 18 日

春柳

春风急送暖，
柳丝舞翩跹。
翠玉满枝头，
俏比百花艳。

——2012 年 4 月 2 日

赏春

自然巧工绘画卷，
红黄紫粉百花艳。
春满大地万物盛，
融入自然活神仙。

——2012年4月3日

汉中油菜花[1]

秦巴[2]金海漫天涯，
汉水[3]无处不金花。
蜜蜂翩翩穿梭忙，
醉入其中忘归家。

——2012 年 4 月 7 日

---

①汉中盆地是油菜花的故乡，油菜花的天堂。每年花开时节犹如一片黄色海洋，百万亩油菜花同时开放，天地之间浮光跃金，把汉中市装缀成一只巨大的山水盆景。

②秦巴指秦岭和巴山。

③汉水指发源于陕西省宁强县的汉江。

春晨

鸟鸣清脆梦境醒，
朝霞夺目半天红。
牡丹雍容斗芳艳，
春光如意心神同。

——2012 年 4 月 15 日

樱花[1]赞

姹紫嫣红樱花艳，
满枝簇拥气不凡。
春尽随风自飘零，
潇洒自如气浩然。

——2012 年 4 月 16 日

---

①樱花是樱树的花，花朵极其美丽，盛开时节，满树烂漫，如云似霞，是早春的著名观赏花木。樱花的花语是生命、幸福一生一世永不放弃。是爱情与希望的象征，代表着高雅、质朴纯洁的爱情。

那拉提草原[1]

天高气清蓝幕宽,
湖光云影渡悠闲。
青山白雪两相映,
翠草鲜花望无边。
自然神笔绘奇景,
一幅美画天地间。
人间仙境那拉提,
心神随梦醉草原。

——2012年5月7日

①那拉提草原位于新疆维吾尔自治区新源县境内,地处天山腹地被誉为“塞外江南”的伊犁河谷东端,有“人间天堂”之美称。

沙枣花[1]礼赞

黄沙碧天无云霞，
戈壁孕育沙枣花。
翠叶含情迎光闪，
金花[2]虽小香淡雅。

——2012年6月6日

①沙枣树又名桂香柳，因开花香味与江南桂花相似，生命力又非常顽强，故有“飘香沙漠的桂花”之美称。

②沙枣花为金色小花，花香四溢。

刘家峡黄河湿地①

翠柳夹道枝舞动，
柔条婆娑绿荫浓。
鸟鸣蜂蝶轻展翅，
疑似江南水乡行。

——2012 年 6 月 11 日

---

①刘家峡黄河湿地位于甘肃省永靖县中部，本区属黄土丘陵沟壑地貌，海拔在 1563—2300 米之间，主要保护对象为鸟类及其生态环境，区内黄河段自西南向北呈“s”形横穿全县，形成独特的“黄河向西流”景观。

雨后秦岭[①]

半边风雨半边晴，
泥土湿香浸肺中。
回望青山披轻纱，
自然变化乐无穷。

——2012 年 6 月 17 日

①秦岭：狭义的秦岭仅限于陕西省南部，渭河与汉水之间的山地，而广义的秦岭是横贯中国中部东西走向的山脉，贯穿甘肃、陕西、河南三省。

芙蓉[1] 赞

出水芙蓉露晶莹，
并蒂花开白泛红。
疑是神游入梦行，
恰是仙女舞娉婷[2]。

——2012 年 6 月 28 日

①芙蓉即荷花。
②娉婷形容女子姿态美好的样子。

夏日夕阳

碧空湛蓝望无际，
浮云洁白轻舞起。
湿闷随风悄然去，
夏日夕阳尽妩媚。

——2012 年 7 月 27 日

雨后彩虹

雨后夕阳映红云，
彩虹一架飞南北。
天明气清山川净，
和风送爽万象新。

——2012 年 8 月 20 日

南宁荔园山庄[1]

清泉绿树满秋山，
流岚轻舞湿衣衫。
孔雀悠闲身边戏，
天鹅凫水鱼撒欢。
曲径别墅成幽趣，
溪流乐耳琴声甜。
天人万物共和谐，
绿城四季春满园。

——2012 年 9 月 13 日

①南宁荔园山庄位于广西南宁市区东南，坐拥青秀山余脉，滔滔邕江绕山庄逶迤而过，依山傍水，环境幽雅，景色宜人。

春雨

春雨无声从天降，
俏姿轻舞大地爽。
雾霾清除空气新，
甘露滋润共舒畅。

——2013 年 2 月 3 日

暴雨即景

电闪雷鸣天地动，
天瀑长泻挟狂风。
瞬间大地成泽国，
观海无须出古城[1]。

——2013年8月1日

---

①古城指古城西安。

故乡秋景[①]

旭日灿烂霞满天，
青山披彩含紫烟。
回眸秦川秋收景，
硕果满枝绽笑颜。

——2013 年 10 月 4 日

---

①国庆节期间回故乡西安市临潼区,即兴感赋。

南湖[1]夜色

阅江楼[2]上观夜景，
南湖上下分外明。
五光十色共灿烂，
置身恍若入龙宫。

——2013 年 10 月 16 日

---

①南湖指曲江池遗址公园，北接大唐芙蓉园，南至秦二世陵遗址。

②阅江楼位于西安曲江池遗址公园南岸，建筑在一个临水的半月形平台上。高阁连延错落有致，每当夜色临近，金黄色灯光勾线的阅江楼更加迷人，亮起的建筑群倒映在池水中，展现出朦胧一线的波光，好像进入龙宫。

并蒂花[①]

叶如绿剑拔地生，
独枝高傲自成中。
姹紫嫣红并蒂舞，
双花竞艳两相同。

——2014年2月16日

---

①并蒂花别名朱顶红，花枝亭亭玉立，4～6朵喇叭形花朵着生顶端，朝阳开放，显得格外艳丽悦目。叶片呈带状，与花茎同时或花后抽出，花茎中空，花大似百合，花色有深红、粉红、水红、橙红、白等，并镶嵌着各色条纹和斑纹。因其外形很像君子兰，也有“君子红”的美称。

三月扬州

三月飞的[1]下扬州，
四面春风一望收。
田园绿翠温阳暖，
心旷神怡画中游。

——2014 年 3 月 3 日

①飞的意指飞机。

点绛唇·秦川春

春阳灿灿，
望不尽无垠碧天。
春风漫漫，
绿色满秦川。

柳丝轻舞，
桃花红烂漫。
天地间，
漫步田野，
神怡归自然。

——2014 年 3 月 17 日

雨后晨光

日东月西共争辉，
轻风拂柳舞姿新。
夜雨洗尘碧空净，
白云舒卷天际归。

——2014 年 3 月 20 日

春雨风韵

长安春雨细如丝，
薄雾淡雅润花枝。
微风柔软柳丝轻，
天地和谐共此时。

——2014 年 3 月 31 日

黄牡丹[①]

金色含润娇艳生，
国色丛中稀贵容。
洁雅俊秀俏不尽，
天香无涯花中精。

——2014 年 4 月 15 日

---

①西安兴庆公园牡丹园中，黄牡丹光彩夺目，傲立花群，有感而发。

鹧鸪天·人间四月

四月春风绘丹青,
自然造化美无穷。
莺歌燕舞欢不尽,
天地日月共醉情。

春雨贵,风儿轻。
谷雨花落蕴新生。
谁道四月芬芳尽,
榴花五月娇艳红。

——2014 年 4 月 21 日

清平乐·暮春

春雨连绵，
数日不见天。
今朝云躲旭日灿，
碧空万里远。

润气清新怡神，
四闻鸟欢鸣脆。
翠影红阴正浓，
最美人间暮春。

——2014 年 4 月 22 日

西乡茶园[①]

时阴时雨时晴空,
轻风轻雾轻云笼。
天地精华秦巴荟,
神山灵水孕仙茗。

——2014 年 5 月 1 日

---

①西乡茶园位于陕西省西乡县部分乡镇,中国最美丽的茶乡,现有杨河万亩生态观光示范茶园、峡口原生态观光茶园、东裕汉茶养生谷、罗镇生态观光茶园四大名园,以“仙毫”为代表的西乡绿茶色、香、味、形俱佳。

临潼石榴[1]

骊山秋日硕果丰，
旭日映照石榴红。
果压树冠满枝弯，
好似遍山挂红灯。
绛唇启齿籽饱满，
入口粒粒脆甜浓。
人间仙果何处寻，
临潼石榴留美名。

——2014 年 10 月 6 日

---

①临潼石榴是素以色泽艳丽，果大皮薄，汁多味甜，核软鲜美，籽肥渣少，品质优良等特点而著称，名居全国五大石榴之冠，被列为果中珍品，历来是封建皇帝的贡品，享誉九州，驰名海外。

秋韵

阳光灿烂满秦川,
秋叶多彩硕果繁。
放眼碧空望不尽,
白云懒散享悠闲。

——2014 年 10 月 24 日

大峪[1] 傍晚观景

夕阳余辉洒秦岭，
千山万岭各不同。
明月如钩东方悬，
清风扫云河汉明。

——2014 年 12 月 29 日

①大峪是西安南部的一个秦岭山峪，东邻库峪，西接白道峪，南北走向，中间有大峪河蜿蜒流出，峪口处建有大峪水库。

采桑子·春日川山

春阳温馨满秦川，
樱花娇红，
绿叶初萌，
满园春色皆多情。

山寺高耸半云中，
林风清冷，
山花未醒，
万山烂漫待时中。

——2015 年 4 月 1 日

季节变换即景篇

赞春[1]

雪雨纷飞清气开，
万象复苏春归来。
残冰化水江河动，
雪山消融润绿苔。
日月轮回转永恒，
阴阳交替长徘徊。
冬藏蕴力待勃发，
春始万物竞开怀。

——2011 年 2 月 14 日

①长安大学段联合教授赠《咏春》诗一首，拜读气势磅礴，心潮涌动，随和一首，共颂春天。

春闹灞桥[1]

风和树暖蜂蝶闹，
翠柳飞雪[2]任逍遥。
又是初绿染大地，
春潮如意逐浪高。

——2011 年 3 月 11 日

---

①灞桥位于陕西省西安市灞桥镇西北方向，现数桥飞架，蔚为壮观。

②翠柳飞雪指“长安八景”之一的“灞柳风雪”，每年的暮春时节，灞桥之畔总是绿柳低垂，柳絮飞舞，宛如漫天雪飘，令人陶醉。

春分[①]

春风得意绿色起，
好雨知时润大地。
春分冷暖争高低，
温升无阻万物喜。

——2011 年 3 月 21 日

---

①春分是二十四节气之第四节气，这一天阳光直射赤道，昼夜几乎相等，其后阳光直射位置逐渐北移，开始昼长夜短。2011 年春分为 3 月 21 日上午 7 点 21 分。

秋日晨光

旭日初升天高远,
万道金光大地灿。
秋风送爽气祥瑞,
终南[1]巍峨插碧天。

——2012 年 9 月 28 日

---

①终南指终南山。

清平乐·春

春风舞动，
春光温馨明。
春色难关吐翠影，
春潮滚动奔涌。

春云轻流舒卷，
春暖又开新篇。
春日风光多娇，
春永驻留心田。

——2013 年 2 月 21 日

春景

青山含雾雾笼山，
轻风送雨雨润田。
春日万物物华竞，
姹紫嫣红满人间。

——2013年4月5日

谷雨[1]骊山

雾中含山生仙境，
驱车盘旋随雾动。
槐花洁白万堆雪，
清香随风涌鼻中。
漫山枝叶欲滴翠，
新笋比肩互争峰。
谷雨时节骊山秀，
置身如醉忘归程。

——2013 年 4 月 20 日

---

①谷雨时节，骊山游览。谷雨是二十四节气的第六个节气，每年 4 月 19 日—21 日视太阳到达黄经 30°时为谷雨，源自古人“雨生百谷”之说。“清明断雪，谷雨断霜”，作为春季最后一个节气，谷雨节气的到来意味着寒潮天气基本结束，气温回升加快，有利于谷类农作物的生长。

酷暑

空气含湿闷如蒸，
古城知了苦哀鸣。
热雾朦胧久不散，
盛夏期盼沐清风。

——2013 年 7 月 14 日

桑拿天

秋虎[1]暑蒸桑拿天，
昼夜汗流似涌泉。
三伏日毒苦难耐，
太极扶正养千年。

——2013 年 8 月 18 日

---

①指立秋后的闷热天气，民间俗称秋老虎。

初秋

七月流火气复凉，
路人早晚添衣裳。
半绿残叶飘零落，
天高云淡雁南翔。

——2013 年 8 月 21 日

立春雪[1]

干旱一冬立春雪，
洁白细小轻盈落。
久违清香浸心肺，
裹寒亲面倍觉乐。

——2014 年 2 月 5 日

①2014 年 2 月 5 日立春之时西安喜降小雪。

连绵春雪

飞雪漫天三日连,
银装素裹满秦川。
祥瑞兆丰春行健,
万物复苏入长安。

——2014 年 2 月 17 日

忆王孙·小满[①]

秦川无际泛青黄，
风卷麦浪连天荡。
小满时节伴灿阳。
丰收望，
喜满人间尽芬芳。

——2014 年 5 月 21 日

①小满是农历二十四节气中的第八个节气，每年公历 5 月 20—22 日之间。从小满开始，北方大麦、冬小麦等夏熟作物籽粒已经结果，渐饱满，但尚未成熟，约相当乳熟后期，所以叫小满。

忆江南·夏雨

夏雨爽，
洗尘尽清凉。
绿树花丛露晶莹，
湿润漫卷满古城，
心神沐春风。

——2014 年 6 月 13 日

秋分①

秋分时节秋风扬，
秋雨细蒙秋送凉。
秋果累枝秋叶红，
秋胜春色秋气爽。

——2014 年 9 月 23 日

①秋分是农历二十四节气中的第十六个节气，时间一般为每年的 9 月 22 或 23 日，太阳在这一天直射地球赤道，24 小时昼夜均分，全球无极昼极夜现象。

点绛唇·秋分

秋高气爽，
五谷丰登共飘香，
碧空浩荡，
阳阴平分享[①]。

凉风轻扬，
人间换秋装。
乾坤长，
岁月流芳，
灿阳洒金光。

——2014年9月24日

①秋分这一天太阳直射地球赤道,24小时昼夜均分,全球无极昼极夜现象。

寒露[①]

寒露时节秋渐远，
凉爽渐去冷始现。
百花谢幕菊花香，
自然变化各争艳。

——2014 年 10 月 8 日

①寒露是二十四节气中的第十七个节气，每年公历 10 月 8 日或 9 日，是天气转凉的象征，标志着天气由凉爽向寒冷过渡，露珠寒光四射。

忆王孙·古城冬日

古城冬日碧空尽，
灿阳高照似春归。
南窗光浴身温馨。
午餐味，
饥饿方知溢香醉。

——2014 年 12 月 7 日

清平乐·惊蛰[1]

惊蛰肇头，
虫醒始周游。
田园春潮泛绿油，
玉兰洁白雅秀。

春风荡漾温柔，
白云轻盈漫走。
江山万里如画，
醉美唯我九州。

——2015年3月7日

①惊蛰是二十四节气中的第三个节气，在公历每年3月5日至3月7日之间。惊蛰过后，天气转暖，渐有春雷，动物入冬藏伏土中，不饮不食，称为“蛰”，而“惊蛰”即上天以打雷惊醒蛰居动物的日子，这时中国大部分地区进入春耕季节。

人文科技历史篇

杜雨茂[1] 奖学金感怀

年逾古稀志弥坚，
悬壶济世[2]行依然。
疑难杂症精肾病，
桃李遍天杏满园。
妙手回春誉天下，
尊古不泥开新篇。
慨立奖金[3]惠后学，
春风鼓动扬千帆。

——2010 年 4 月 24 日

---

①杜雨茂教授出身中医世家，从事中医教学、科研及内科临床四十余年，桃李满天下，医术传四海，尤其在肾脏病方面有很深的造诣。

②悬壶济世是古代颂誉医者道者救人于病痛的词语。医者仁心，以医技普济众生，世人称之，便有悬壶济世之说。

③2010 年杜雨茂教授为了支持陕西中医学院发展和激励后学，在陕西中医学院设立了“杜雨茂奖学金”，笔者时临会场，仰望先贤，受益匪浅。

泸定桥[①]

铁骥急驰奔泸定，
大渡河桥追英灵。
铁索动摇桥依旧，
水急浪卷起涛声。
勇士飞渡[②]传千古，
红军北上道路通。
游子寻梦铁索渡，
枪炮依稀意难平。

——2010 年 8 月 29 日

---

①泸定桥位于四川省甘孜藏族自治州泸定县城西，常称之为大渡河铁索桥，是甘孜州的门户，康藏交通的咽喉，是四川内地通往康藏高原的重要通道。该桥始建于清康熙四十四年，建成于康熙四十五年(1706)，康熙御笔题写“泸定桥”，并立御碑于桥头。

②1935 年 5 月 29 日，中国工农红军在长征途中以 22 位勇士为先导的突击队，冒着敌人的枪林弹雨，铁索桥上匍匐前进，“飞夺泸定桥”，使之成为重要的历史纪念地。

夜入大觉寺[1]

车行京郊娇月弯，
万籁无声漠无边。
夜入名刹仔细观，
古木楼阁话千年。
循声曲径光亮处，
晚酒诱客畅饮欢。
江南美味不足道，
醉游禅境意犹酣。

——2010 年 9 月 13 日

①大觉寺又称西山大觉寺，位于北京市海淀区阳台山麓，始建于辽代咸雍四年（1068），明重建后改为大觉寺。

清平乐·国庆

十一国庆，
映眼旗艳红。
百花姹紫皆盛景，
东方巨龙已醒。

和谐安详大地，
科学发展奠基。
万众齐心努力，
中华民族崛起。

——2010年10月1日

驼城[1]秋色

驼城天碧无云踪，
东沙古庙[2]香火盛。
秋日高悬极目尽，
西沙[3]新楼傲苍穹。
镇北台[4]上烽烟逝，
南门凌霄塔[5]高耸。
古街五楼[6]各千秋，
今朝天地皆新容。

——2010 年 10 月 3 日

---

①驼城是陕西省榆林古城的别称，沙漠之城之意。

②东沙在榆林市古城东门外，原为沙漠侵蚀，现已改造为城区的一部分。古庙指榆林市东门外无量寺。

③西沙在榆林市古城西门外榆溪河以西，现为新建城区。

④镇北台位于陕西省榆林城北的红山顶上，有“天下第一台”之称。

⑤凌霄塔位于榆林城南榆阳桥东土丘上，建于明代万历年间，该塔通体砖砌空心结构，呈八角柱体形。

⑥古街五楼指鼓楼、凯歌楼、明星楼、万佛楼、钟楼。

拜读《英露集》[1]

英露言志气如虹，
古今文理水乳融。
长安厚土出才俊，
李杜[2]更慕后来生。

——2010年11月2日

①拜读长安大学段联合教授著《英露集》，爱不释手，心潮涌动，有感而发。

②指唐代诗人李白、杜甫。

乐山大佛[①]

三水[②]汇流聚灵光，
大佛依山坐端庄。
人杰地灵物华茂，
乐山福地比天堂。

——2011 年 4 月 9 日

---

①乐山大佛位于四川省乐山市，岷江、青衣江和大渡河三水汇流处，与乐山城隔江相望，是世界上最大的石刻佛像。乐山大佛头与山齐，足踏大江，双手抚膝，体态匀称，神势肃穆，依山凿成，临江危坐。1996 年被列入《世界遗产名录》。

②三水指岷江、青衣江、大渡河。

万年寺[1]

万年寺内人如潮，
香火蒸腾烟雾绕。
玉兰洁白傲枝头，
修身养性功自高。

——2011 年 4 月 9 日

---

①万年寺位于四川省峨眉山，创建于东晋隆安年间（397—401），慧持大师所建，是峨眉山历史最悠久的古刹之一。

峨眉金顶[①]

其一

峨眉金顶出云天，
巍峨穿天三丈三。
十方普贤面四方，
天地之间佛无边。

其二

金顶万丈接天堂，
登望云海渺茫茫。
阳光金银相辉映，
峨眉无处不佛光。

——2011 年 4 月 11 日

①峨眉金顶是峨眉山的象征，峨眉十景之冠的“金顶祥光”，则是峨眉山的精灵。“金顶祥光”包括四大奇观：云海、日出、佛光、圣灯，自古为世人所神往、迷恋。

威海古炮台①

古炮依旧高昂头，
不屈不挠傲骨留。
中华百年翻新页，
而今世界立潮头。

——2011 年 7 月 8 日

①威海刘公岛古炮台位于山东省威海市，岛上有清代炮台 6 座，分别位于黄岛、麻井子、旗顶山、迎门洞、东泓、南嘴，与南北两岸炮台遥相呼应，炮台使用花岗岩砌筑、水泥灌浆，施工严谨，造型巧妙，坚固实用，其工程规模之浩大，结构之复杂，令人赞叹。

清平乐·蓬莱[1]行

蓬莱仙境，
天下传盛名。
八仙过海[2]各神通，
唯有丹崖[3]作证。

乘缆驾云凌空，
快艇破浪飞动。
心神融入自然，
人间仙境一统。

——2011年7月9日

---

①蓬莱地处胶东半岛最北端，是渔船进出渤海湾的必经之路。蓬莱最有名的是坐落在蓬莱城北面丹崖山上的蓬莱阁，与黄鹤楼、岳阳楼、滕王阁并称全国四大名楼。

②八仙过海是一种广泛流传的汉族民间传说，八仙分别为汉钟离、张果老、韩湘子、铁拐李、吕洞宾、何仙姑、蓝采和及曹国舅。

③丹崖指位于山东省蓬莱市的丹崖山。自古被称为“丹崖仙境”“蓬莱仙山”，更有山巅之蓬莱阁而名闻天下。

耶鲁[1]校园

朝阳洒金光，
校园似天堂。
满目童话界，
孕育大栋梁。

——2011年12月9日

①耶鲁大学是一所坐落于美国康涅狄格州纽黑文的私立研究型大学，创建于1701年，是全美历史第三悠久的高等学府。笔者于2011年12月曾在该校学习培训。

西点军校[1]

群山环军校，
清水相依绕。
将星摇篮地，
军中天之骄。

——2011 年 12 月 10 日

---

①西点军校，即美国军事学院，是美国第一所军事学校，位于纽约市北郊的哈德逊河上“肘状”的三角岩石坡地上。该地被当地人称为“西点”，故人们习惯上称之为“西点军校”。笔者于 2011 年 12 月 10 日曾赴该校参观。

诺华制药①

诺华已百年，
全球位排三。
创新引领者，
药品效安先。

——2011 年 12 月 15 日

①2011 年 12 月 15 日国家食品药品监督管理局组织前往美国诺华制药有限公司考察访问。

美国国家航空航天博物馆①

人类登云天，
科技长翅展。
九天揽星月，
登攀境无限。

——2011 年 12 月 21 日

---

①美国国家航空航天博物馆坐落于美国首都华盛顿特区的东南方，是目前世界上最大的飞行博物馆，也是全世界首屈一指的有关飞行的专题博物馆。2011 年 12 月 21 日笔者曾参观该馆。

除夕①

严冬雪雨扫雾霾，
视野渐宽清气开。
玉兔②随风悄然去，
金龙③起舞送春来。

——2012年1月20日

---

①除夕，又称大年夜，是农历一年中最后一天晚上，即春节前一天晚，是我国传统节日中最重大的节日。

②玉兔：指兔年，2011年是农历兔年。

③金龙：指龙年，2012年是农历龙年。

清平乐·印象大红袍[1]

创意奇妙，
印象大红袍。
声光山水伴舞跳，
心随梦幻如潮。

品茗论道千年，
山水精华茶苑。
一杯淡雅释然，
无论天上人间。

——2012 年 3 月 30 日

①《印象大红袍》实景剧是以福建武夷山为地域背景，以武夷山茶文化为表现主题的全世界唯一展示中国茶文化的大型山水实景演出，在完全开放的“山水”间进行，堪称世界上第一座“山水环景剧场”，也是目前全世界唯一在二十三个世界双文化遗产胜地创作的“印象”作品。该剧巧妙地把自然景观、茶文化以及民俗文化融入到一场山水实景演出中，整场演出华丽璀璨，包罗万象，体现了自然山水、历史人文的和谐之美。

夜品大红袍①

弯月挂天边，
山泉响潺湲。
野亭品香茗，
神逸欲飞仙。

——2012 年 3 月 31 日

①大红袍是中国特种名茶，产于福建省“美景甲东南”的武夷山，茶树生长在岩缝之中。大红袍具有绿茶之清香，红茶之甘醇，最突出之处是香气馥郁有兰花香，香浓而持久，是中国乌龙茶中之极品。

长歌[1]颂

繁星满天月牙西，
华清池[2]畔歌舞起。
七月七日长生殿，
唐皇贵妃[3]两相依。
盛世开怀纳百川，
多国朝拜动天地。
万千宠爱加一身，
岁月流逝情不移。

——2012年6月13日

---

①长歌指中国首部大型实景历史舞剧《长恨歌》，其阵容强大，气势恢宏，以势造情，以舞诉情，在故事的原发地艺术地再现了唐明皇和杨贵妃动人的爱情故事。

②华清池位于陕西省西安市临潼区骊山北麓，亦称华清宫，是中国著名的温泉胜地，南依骊山，北临渭水，融人文历史和自然景观于一体，周、秦、汉、隋、唐等历代帝王在此修建离宫别苑，现景区仿唐建筑大气恢宏，园林风光别具一格。

③唐皇指唐明皇即唐玄宗李隆基，贵妃即杨玉环。

观神九①

神九呼啸飞九天，
中华儿女勇登攀。
太空遨游揽日月，
壮我国威华夏欢。

——2012年6月16日

①神九指神舟九号飞船。2012年6月16日，神州九号飞船在甘肃省酒泉卫星发射中心点火发射升空。

赞蛟龙[①]

华夏精英不畏难，
蛟龙深潜逾七千[②]。
未知神奇龙宫中，
海底探索开新篇。

——2012年6月27日

---

①“蛟龙号”载人深潜器是我国首台自主设计、自主集成研制的作业型深海载人潜水器，是目前世界上下潜能力最深的作业型载人潜水器。

②2012年6月27日11时47分，“蛟龙号”再次刷新“中国深度”下潜7062米，创造了世界同类作业型潜水器的最大下潜深度纪录。

贺兰山[1]

壁立千仞插云天,
草木顽强石缝间。
飞瀑银珠从天落,
先祖岩画[2]千万年。

——2012年7月7日

---

①贺兰山是宁夏回族自治区西北山岭,山口景色幽雅,奇峰叠嶂,潺潺泉水从沟内流出,约有千余幅个体图形的岩画分布在沟谷两侧绵延600多米的山岩石壁上。

②贺兰山岩画是古代先民们在漫长的岁月里运用写实或抽象的艺术手法,在岩石上绘制和凿刻的图画,它记录了古代人类社会生活的各个方面。

歼十[1]礼赞·冲天[2]

机声隆隆大地动，
银剑竞飞冲天空。
呼啸翻转舞蓝天，
上下交错变队形。
急驰翻腾如飞燕，
忽如鹞闪无影踪。
空中彩虹洒天花，
无畏健儿傲苍穹。

——2012 年 7 月 11 日

①歼－10 战斗机是中国中航工业集团自主研制的单座单发第三代战斗机，是中型、多功能、超音速、具有全天候空中优势的战斗机。

②2012 年 7 月 11 日，笔者在陕西省西安市临潼区窑村机场观看空军歼－10 战斗机空中飞行表演有感而发。

歼十礼赞·跳伞

神鹰盘旋孕精灵，
洒下星点变无穷。
彩虹礼花碧空耀，
巨龙仙女[1]各争荣。

——2012年7月11日

①空军歼-10战斗机空中飞行表演跳伞中，男伞兵以巨龙形式出现，女伞兵以仙女形式出现。

红石峡[1]

大漠边关红石峡，
石书[2]述史美无涯。
千古风流今犹在，
当今盛世兴中华。

——2012 年 8 月 16 日

---

①红石峡又名雄石峡，位于陕西省榆林市城北 3 公里处。红石峡红岩对峙，杨柳成荫，长城穿峡而过，榆溪河奔腾不息，被称为万里长城第一胜景。

②石书指红石峡峡谷两边岩石上的石刻。

镇北台①

古台耸北关，
烽烟今不见。
追古登台望，
天地永平安。

——2012 年 8 月 16 日

---

①镇北台位于陕西省榆林市城北 4 公里之红山顶上，是明代长城遗址中最为宏大、气势最为磅礴的建筑物之一，素有中国长城“三大奇观之一(东有山海关、中有镇北台、西有嘉峪关)”和“万里长城第一台”之称。

瓦子街战役烈士陵园[①]感怀

伫立陵园缅前贤，
战事依稀化云烟。
铁骨热血丰碑铸，
英雄生命换新天。

——2012 年 8 月 17 日

①瓦子街战役烈士陵园位于陕西省宜川县，园内安葬着我军在宜瓦战役中牺牲的 5287 名烈士的遗骨。

清平乐·七夕[①]

人间七夕,
天上两星依。
牛郎织女爱传奇,
海枯石烂不移。

一轮弯月作桥,
浩瀚银河让道。
此时人间天上,
真爱无限美好!

——2012 年 8 月 23 日

①七夕指七夕节,每年的农历七月七日,发源于中国,是华人地区以及东亚各国的传统节日,与民间流传的牛郎与织女的故事有关。2006 年 5 月 20 日,被中国国务院列入第一批国家非物质文化遗产名录。

清华观荷[①]

荷映晨光气象新，
潋滟[②]清波渡白云。
西望明月高空悬，
触景思贤怡心神。

——2012 年 9 月 4 日

---

①笔者 2012 年 9 月在清华大学参加干部培训，晨临荷塘，有感而发。

②潋滟形容水波荡漾。

清平乐·清华[1]

百年清华，
育才甲天下。
自强不息兴华夏，
厚德载物勃发。

科学求实风盛，
严谨创新包容。
国家栋梁摇篮，
盛世倍出精英。

——2012年9月7日

①清华指清华大学。

青峰顶[①]

青峰顶上四环望，
碧空无垠洁云翔。
五峰莲台收眼底，
佛国天地尽吉祥。

——2012 年 10 月 13 日

①指山西省五台山名寺青峰顶，又称“黛螺顶”。五台山位于中国山西省东北部忻州市五台县东北隅，是大智文殊师利菩萨的道场，又以建寺历史悠久和规模宏大，而居佛教四大名山之首——故有金五台之称。

高铁[①]

高铁追阳向西行，
风驰电掣出京城。
窗外胜景难顾盼，
白云挂帆舞游龙。

——2013 年 5 月 10 日

①高铁是高速铁路的简称，指通过改造原有线路，使最高营运速率达到不小于每小时 200 公里，或者专门修建新的“高速新线”，使营运速率达到每小时至少 250 公里的铁路系统。中国的“高铁”以及部分“动车”和“城际列车”都属于高铁，也就是以“G”“D”和“C”字母开头的车次。

登秦楚古道[①]

秦岭高耸插云天，
古道依山万盘旋。
穿越林海跃山峦，
登顶拨云观秦川。

——2013 年 6 月 5 日

①秦楚古道是古代秦国通往楚国的一条驿道，是连接秦山楚水中国最早的“高速公路”。笔者登临的秦楚古道位于陕西省柞水县境内。

《陕北往事》[1]

四秩风雨岁蹉跎,
知青往事叹息多。
幽默诙谐笑和泪,
春耕夏耘诗与歌。
阳光总在风雨后,
崎岖坎坷见巍峨。
平凡世界蕴伟大,
岁寒历尽花灼灼。

——2013 年 10 月 30 日

---

①2013 年 10 月 30 日,拜读朱学夫先生著并签名的《陕北往事》一书,感慨万千,追忆无悔青春岁月。

元宵节[1]

正月十五闹元宵，
爆竹声起逐浪高。
天地日月竞圆满，
吉祥如意涌春潮。

——2014 年 2 月 14 日

①元宵节是农历新年的第一个月圆之夜，是祭月、赏月的日子，也象征着春天的到来，是传统新春定义的最后一天，亦称为上元节。

清平乐·重游南京

阳光灿烂,
楼群插云天。
六朝古都[1]生巨变,
旧地重游慨叹。

光阴飞逝似箭,
历史印痕如烟。
中华江山多娇,
金陵换了新颜。

——2014 年 3 月 4 日

---

①六朝古都指南京,吴、东晋、宋、齐、梁、陈合称六朝,曾在南京建都称建康,今南京图书馆保留有六朝建康城遗址。

植树节[1]

春风和煦送温暖，
柳丝披翠轻舞欢。
植树节日万众动，
美化家园齐争先。

——2014 年 3 月 12 日

---

①“植树节”是一些国家以法律形式规定的以宣传森林效益，并动员群众参加造林为活动内容的节日。中国的植树节开始时是为纪念孙中山先生逝世，1979 年 2 月 23 日，中国第五届全国人大常务委员会第六次会议决定，每年公历的 3 月 12 日为中国的植树节。

清平乐·青木川[1]

秦岭古远，
中华脉之源。
深藏古镇青木川，
演义世间百年。

遥想辅唐[2]当年，
独统小镇偏安。
人去山川依旧，
今朝换了人间。

——2014 年 3 月 13 日

---

①青木川位于陕西省宁强县西北角，地处川、陕、甘三省交界处，素有“一脚踏三省”之誉，是陕西最西边的一个镇。

②辅唐指魏福唐，青木川魏家坝人，叶广芩小说《青木川》中魏辅堂、电视剧《一代枭雄》中何辅堂的历史原型人物。魏福唐是个相当复杂的人，当地人说：“这人有多好就有多坏！”青木川这个深山小镇，能成为陕、甘、川三省最繁华的镇子，倒确确实实是因了魏福唐的缘故。

品午子仙毫[1]

其一

源自天然生秦巴[2]，
沐浴云雾春生发。
绿色清香沁心神，
午子仙茗天下甲。

其二

岚气滋润仙毫生，
天地精华凝聚成。
听琴把盏品逸趣，
诗书茶韵生和鸣！

——2014 年 4 月 11 日

①午子仙毫茶是绿茶的一种，出产于素有“中国著名茶乡”之称的陕西省汉中市西乡县南的午子山，其状似兰花，色泽翠绿，叶底芽匀嫩成朵，汤色嫩绿明亮，清香持久，人称“茶中皇后”。

②秦巴指秦岭和巴山山区。

点绛唇·轮回

风轻云舒，
人间四月花烂漫。
神州大地，
无处不绿染。

莺歌燕舞，
演绎欢乐醉。
天地间，
生命无限，
轮回开新篇！

——2014 年 4 月 23 日

龙门石窟[1]

伊河[2]万年清波淌，
龙门石窟尽佛光。
能工巧匠无名姓，
绝代艺术千古芳。
莲花处处藏异趣，
人间正道清风扬。
天地日月鉴青简，
中华梦想当自强。

——2014 年 5 月 28 日

①龙门石窟位于河南省洛阳市南郊 12.5 公里处龙门峡谷东西两崖的峭壁间，是中国石刻艺术宝库之一，2000 年被联合国科教文组织列为世界文化遗产，与甘肃敦煌莫高窟、山西大同云冈石窟并称为“中国三大石刻艺术宝库”。

②伊河是河南省洛阳市境内重要的河流之一。著名的世界文化遗产龙门石窟就在伊河两岸。

忆江南·端阳[①]

节端阳,
粽叶艾草香。
雄黄驱邪保安康,
阖家团聚福共享。
亲情温馨长。

——2014 年 6 月 2 日

---

①端午节为每年农历五月初五,是中国民间传统的节日,又称端阳节,传为纪念楚国诗人屈原的节日时至今日。2006 年 5 月 20 日,该民俗经国务院批准列入第一批国家级非物质文化遗产名录,也是中国首个入选世界非遗的节日。端午节的习俗主要有:吃粽子,在门上插艾叶或菖蒲以驱邪,系长命缕,饮雄黄酒以辟邪、驱虫,赛龙舟等。

广州塔[1]

电梯直上入青天，
珠江悠悠歌蜿蜒。
白云轻盈身边舞，
楼宇栉比[2]天际连。
塔顶鸟瞰比天高，
撕片白云擦汗颜。
羊城[3]览胜美不尽，
凭风振衣欲飞仙。

——2014 年 7 月 2 日

①广州塔昵称小蛮腰，屹立在广州城市新中轴线与珠江景观轴线交汇处，与海心沙岛和珠江新城隔江相望，以中国第一、世界第三的旅游观光塔的地位，向世人展示腾飞广州、挑战自我、面向世界的视野和气魄，是“羊城新八景”之一。

②楼宇栉比形容楼房像梳齿那样密密地排列。

③羊城为广州市的别称。

食药检测四十春[①]

——贺陕西省食品药品检验所成立四十周年

四十春秋风雨兼，
干壮枝强硕果繁。
检测品类增万种，
科学规范辨析严。
于无声处守战阵，
一片忠诚越千关。
食药事大关国运，
民无怨声九州安。

——2014 年 7 月 4 日

①陕西省药品检验所成立于 1974 年 8 月，2007 年 10 月经省编办批准更名为陕西省食品药品检验所，现隶属于陕西省食品药品监督管理局，是全国 18 所国家口岸药品检验所之一，西北地区唯一的国家口岸药品检验所。2014 年 7 月 4 日陕西省食品药品检验所成立四十周年前，应邀赋诗一首。

原子塔[①]

原子铁塔插碧空，
九球相拱[②]傲群雄。
一千六百亿倍[③]大，
微观宏型一景明。

——2014 年 7 月 16 日

---

①原子塔是比利时首都布鲁塞尔的标志性建筑，位于布鲁塞尔北郊一个公园内。

②九球相拱指原子塔塔身由粗大的钢管将 9 个巨大的金属圆球连成一个正方体，原子塔 8 个圆球位于正方体的 8 个角，另一个圆球位于正方体的中心。

③原子塔设计构思是将金属铁原子的模型放大 1650 亿倍。

梵高博物馆[①]

高雅油画透不凡，
远近视野两重天。
近观油墨点条线，
远望如生活龙现。

——2014 年 7 月 20 日

---

①梵高博物馆位于荷兰首都阿姆斯特丹，建于 1973 年，结构简练，风格前卫，四周摆满了现代雕塑，收藏梵高油画二百余件、素描 550 件和七百多封书信等，是收藏梵高画作最多的美术馆。2014 年 7 月 20 日笔者有幸参观该馆。

统万城[1]

黄昏时刻彩云飞，
统万城址追故寻。
一千六百春秋史[2]，
悠悠岁月印石痕。

——2014 年 9 月 17 日

---

①统万城位于陕西省榆林市靖边县城北 58 公里处的红墩界乡白城子村，是匈奴族在人类历史长河中留下的唯一一座都城遗址。

②统万城距今已有近 1600 年历史。

清平乐·重阳①

九九重阳，
天高秋风爽。
攀登高处举眼望，
江山万里吉祥。

无垠碧空湛蓝，
金光洒落人间。
尊老天伦正道，
思念亲情悠远。

——2014 年 10 月 2 日

①重阳节为每年农历九月九日，又称重九节，是汉族的传统节日。庆祝重阳节活动包括出游赏秋、登高远眺、观赏菊花、遍插茱萸、吃重阳糕、饮菊花酒等。1989 年我国把每年的农历九月九日定为老人节，传统与现代巧妙结合，成为尊老、敬老、爱老、助老的老年人的节日。

第二十七届世界佛教徒联谊会[①]

源于天竺[②]传华夏，
法门舍指[③]统天下。
世界佛徒聚扶风，
佛光无限慈无涯。

——2014 年 10 月 15 日

---

①世界佛教徒联谊会是佛教徒国际组织，简称“世佛联”，1950 年成立。第 27 届世界佛教徒联谊会，简称“第 27 届世佛联”，于 2014 年 10 月 16 日至 19 日在中国陕西省宝鸡市举行，这是“世佛联”大会首次在中国内地举办，法门寺为主办场地。

②天竺是古代中国以及其他东亚国家对当今印度和巴基斯坦等南亚国家的统称。

③法门舍指陕西省宝鸡市扶风县法门寺内存有的一枚释迦牟尼的真身指骨舍利。

雅安红豆

雅安红豆天下传，
历经沧桑两千年。
枝繁叶茂聚精华，
相思成双果实坚。
十年孕育两红心，
坚贞不渝永爱恋。
人间自有真情在，
红豆美德万世传。

——2014 年 11 月 17 日

《太白山本草》[1]

太白高耸浮云间，
南北分界立地天。
生物多样独一帜，
神奇灵山多仙丹。
本草源远承古今，
呕心沥血清本源。
书凝药香惠生众，
喜悦毛兄[2]开新篇。

——2014 年 11 月 26 日

①《太白山本草》是陕西省著名民间中医中药师毛水龙先生主编的“中国秦岭本草丛书”之二，此书的发行填补了陕西省秦岭中草药研究的空白。该书收录了太白山地区药用植物、动物、菌类等 78 科、168 属、346 种、385 味中药材，是一部较为完善的秦岭中药材典籍。

②毛兄指毛水龙先生。

南京总统府[①]

漫步南京总统府，
历史烟云迭迭铺。
废除帝制新制立，
民国大业横空出。
蒋氏继位军阀乱，
日侵京陷金陵哭。
雄狮渡江[②]天地动，
人民当家始做主。

——2014 年 11 月 30 日

---

①南京总统府坐落于南京长江路 292 号，已有 600 多年的历史，曾是中华民国在大陆的权力中心所在地，现已成为中国最大的近代历史博物馆。

②雄狮渡江指 1949 年人民解放军百万雄师横渡长江天堑，打败国民党军队，解放全中国。

夫子庙[1]

秦淮河畔冬雨飞，
黄叶落入逐轮纹。
楼台亭阁华灯起，
五光十色动静随。
琳琅满目目不暇，
故事重重思古今。
悠闲漫步接不应，
天上人间难辨分。

——2014 年 11 月 30 日

---

①南京夫子庙位于秦淮河北岸的贡院街旁，是一组规模宏大的古建筑群。它与北京孔庙、曲阜孔庙、吉林文庙并称为中国四大文庙，也是秦淮河风光带最主要的景点。自六朝至明清，十里秦淮的繁华景象和特有的风貌，曾被历代文人所讴歌。

登游西安古城墙[1]

冬日暖阳分外红，
天高无云空洁净。
日中城墙喜登望，
步移目换万景明。
历史印痕越千岁，
古音绕耳穿时空。
四时一周意未尽，
年近花甲脚生风[2]。

——2014 年 12 月 21 日

①西安城墙又称西安古城墙，指西安明城墙。西安明城墙位于陕西省西安市中心区，轮廓呈封闭的长方形，周长 13.74 公里，1961 年被列入全国第一批重点文物保护单位。城墙有主城门四座：长乐门(东门)，永宁门(南门)，安定门(西门)，安远门(北门)，这四座城门也是古城墙的原有城门。

②笔者与夫人同庚，冬日同登西安古城墙，绕城一周，步履轻松。

临江仙·药韵①②

中华诗词言远志，
没药墨凝香附。
炎黄耆术承今古。
传统今当归，
红花新人出。

日月金银花共和，
四海龙腾梦托。
千年健康百合乐。
龟甲书历史，
盛世兴国药。

——2014年12月25日

①拜读同行中药镶嵌词一首，有感而发。

②本词中镶嵌有远志、没药、墨、香附、黄芪（耆）、当归、红花、金银花、海龙、千年健、百合、龟甲等十二味中药。

茶韵

入口轻含穿味蕾,
微苦带涩润泽深。
通喉入胃精气足,
天地之间自成神。

——2014 年 12 月 31 日

南乡子·清明[①]

春色满田园，
莺歌燕舞花烂漫。
清明时节泪雨飞？
人间，
生死相依阴阳见！

春雨化万千，
纸钱火灰飞西天。
长跪思亲[②]欲报恩？
已晚，
尽孝莫道待来年！

——2015年4月7日

①清明是二十四节气中的第五个节气，时间在公历每年4月4日至6日之间，是中国民间重要传统节日之一，是祭祖和扫墓的日子。清明节又叫踏青节，2006年5月20日，经国务院批准，将清明节列入第一批国家级非物质文化遗产名录。

②思亲指思念父母。

人生哲理感悟篇

相对看[1]

地球本为圆，
对错相对看。
太阳今西下，
明日升东山。

——2011 年 5 月 9 日

①拜读友人《对错》大作，有感而发。

人生

年月日时分秒转，
人生恍然过百年。
水流曲折归大海，
一路欢歌开笑颜。

——2011 年 5 月 27 日

拜读《舍得》[1]

舍得二字富内涵，
智慧人生境界宽。
自古天道酬勤善，
进退得失出自然。

——2011 年 10 月 3 日

---

①拜读同道《舍得》一文，有感而发。

天涯海角①

天涯天高远，
海角海无边。
任凭风浪起，
天海在胸间。

——2011 年 10 月 19 日

---

①天涯海角位于海南省三亚市区西北 23 千米的马岭山下，海水澄碧，烟波浩瀚，帆影点点，椰林婆娑，奇石林立，水天一色。海湾沙滩上，大小数块巨石耸立，“天涯石”“海角石”“日月石”和“南天一柱”突兀其间，昂首天外，峥嵘壮观。

论得失[1]

得失成败在天意，
终身奋斗业未必。
心秉自然逐大化，
败不失意成倍惜。

——2012 年 1 月 11 日

①众友相聚，共论得失，有感而发。

善良的断想[①]

立世当怀恩报心，
仁爱二字抵万金。
上善若水德若谷，
坦荡柔肠正气随。
善不欲见方真善，
恶恐人知生大危。
恭宽信义和为贵，
温良厚朴修金身。

——2012 年 4 月 18 日

①读 2012 年 4 月 13 日《光明日报》文化周末版，柳荫——《关于善良的断想》感言。

法门寺[1]祈福

祈福贵真诚，
有心方显灵。
积德行善事，
康泰自随行。

——2012年4月21日

---

①法门寺位于陕西省扶风县城北的法门镇，始建于东汉末年恒灵年间，距今约有1700多年历史，有“关中塔庙始祖”之称，因安置释迦牟尼佛指骨舍利而成为举国仰望的佛教圣地，香火旺盛，为人们祈福之地。

感悟

万花丛中斗奇艳，
淡泊宁静天地宽。
人海红尘静如水，
从容处世行路远。

——2012 年 5 月 2 日

缘[1]

道是有缘却无缘，
百年死生一瞬间。
万缘唯赖五尺躯，
快乐健康一线牵。

——2012 年 5 月 3 日

①读散文《缘聚》感言。

忠言逆耳[1]

忠言逆耳岂能烦，
回味无穷心里甜。
倘若不是真诚意，
谁还多事管那宽。

——2012 年 7 月 31 日

①挚友亲朋相聚,真诚指点,言不中听,哲理无穷,有感而发。

回归自然

云动雾飞变不停，
蝉鸣清脆流水清。
林间漫步自悠闲，
回归自然一身轻。

——2012 年 8 月 1 日

幸福感言[①]

幸福寓意广而阔，
因人而异各感觉。
人在生途境不同，
知足感恩多快乐。

——2013 年 1 月 6 日

①拜读朋友《幸福要素》短文，有感而发。

天水[1]

苍天有意降圣水，
春秋洒落地纳回。
滴答春雨润万物，
连绵秋雨呼秋归。
春花秋实乃自然，
循环往复永恒存。
春夏秋冬水变换，
坦然顺应心神醉。

——2014 年 9 月 13 日

①天水指一年四季上天降下的雨、雪、霜、露等。

亲情友情绵亘篇

高翠霞[①]

高山流水遇知音，
翠绿永驻结同心。
霞光万丈映彩虹，
君子好逑情意真。

——2010 年 4 月 15 日

---

①赠夫人高翠霞。

清平乐·中秋[①]

皓月当空,
中秋相思浓。
遥望南天忆金陵[②],
同窗朝夕[③]相共。

一载日月水流,
莫愁湖[④]畔共游。
镇江扬州留影,
青春虽逝心旧。

——2010 年 9 月 22 日

---

①2010 年 9 月 22 日湖南中医学院刘塔斯教授来信贺中秋,回复——清平乐·中秋,追忆青春岁月。

②金陵是南京的别称。

③1981—1982 年笔者曾与刘塔斯教授同在南京中医药大学同窗学习。

④莫愁湖位于南京市秦淮河西,六朝时称横塘,是一座有着 1500 年悠久历史和丰富人文资源的江南古典名园,为六朝胜迹,自古有“江南第一名湖”“金陵第一名胜”“金陵四十八景之首”等美誉。

冷张君①

冷暖中秋最和宜，
张臂揽月共千里。
君理国事念故交，
赏月十六圆更齐。

——2010年9月23日

①友人冷张君先生飞信恭贺中秋(农历八月十五)，笔者因手机故障，于农历八月十六日方才收阅，即兴回复，共赏明月。

蝶恋花·中秋思

中秋时节抬望眼。
天高云淡，
皓月当空圆。
蟾宫①天仙旋蹁跹，
最念依旧在凡间。

有情相思方寸乱。
天上人间，
梦中共缠绵。
追月欲离尘世间，
同享温馨共团圆。

——2010 年 9 月 24 日

①蟾宫即广寒宫,是中国古代称月亮的书面语。中国古代传说中上界神仙为嫦娥在月亮上建造的一座宫殿,因为这座宫殿是一个具有宇宙灵性的蟾蜍幻化而成,所以广寒宫又称作蟾宫。

钗头凤·春满园[①]

春满园，百花艳，
莺歌燕舞满人间。
谈往昔，欢笑里，
几多故事，
真情友谊。
忆！忆！忆！

天地间，光阴短，
人生匆忙近百年。
苍穹里，星相依，
今生有缘，
永恒不移。
喜！喜！喜！

——2011年5月4日

---

①春日同窗旧友共聚，畅所欲言，忆往昔，看今朝，感慨万千，填词一首。

罗志[1]

罗君秀如仙，
志高境修远。
雅中透英姿，
正气品如山。

——2011 年 7 月 22 日

①赠贵州省食品药品监督管理局注册处罗志处长。

清平乐·拜读《蓝天记忆》①

蓝天记忆，
青春岁月里。
梦里萦绕魂牵地，
人间面相各异。

平凡世界众生，
天赐机缘相逢。
人生路漫修远，
感恩真诚永恒。

——2011 年 8 月 5 日

①拜读朋友著书《蓝天记忆》，凝练笔调，耳目一新，积淀升华，弥足珍贵，有感而发，谦受益德。

耶鲁校友春聚福州[1]

春临福州会远朋,
人面桃花别样红。
耶鲁合唱春光丽,
天赐良宵喜乐同。

——2012年3月29日

---

①2011年12月国家食品药品监督管理局组织赴美国耶鲁大学进修的同学,在全国药品注册管理工作会议上相聚福州,同唱春天!

又逢儿童节

儿童节日今又逢，
花儿往事忆永恒。
常怀天真多童趣，
青春快乐伴终生。

——2012 年 6 月 1 日

风雨人生

冬日放晴气犹寒，
夫妻相携登终南[①]。
半山残雪路薄冰，
相互扶持不觉难。
三秩岁月[②]悄然逝，
风雨同舟渡难关。
人生百年夕阳暖，
温馨从容共登攀。

——2012 年 11 月 4 日

①这里的终南指南五台，位于陕西省西安市南约 30 公里，为终南山支脉。

②与夫人结婚三十一年，同登终南山。

周光治[1]先生书画篆刻

周公画刻惊万瞳，
光耀天地气如虹。
治学不懈长青树，
先贤德高昭后生。

——2012年12月12日

①周光治，江苏镇江人，毕业于南京中医学院，学著甚丰，多才多艺，擅长书法、绘画、篆刻等。

颜虹[①]

旭日红颜映满天，
万里彩虹迎新元。
时光飞快情依旧，
同窗共乐节日欢。

——2012 年 12 月 31 日

---

①2012 年 12 月 31 日元旦来临之际，西安交通大学颜虹同窗送来节日祝福，即兴回赋。

段联合教授执教三十年赋[①]

教坛舞笔三十春，
桃李蔚然育成林。
身置红尘风两袖，
愿把丹心壮乾坤！

——2013 年 1 月 19 日

---

①2013 年 1 月 19 日，拜读长安大学段联合教授赋诗《执教三十年书怀》，心潮澎湃，感赋一首。

天伦之乐

古城春色满枝头，
偷得半日陪母游。
玉兰清香钟楼艳，
花落明湖曲江流。
柳枝轻柔漫步舞，
莺燕欢跃纵歌喉。
车水人流动不停，
天伦之乐心神悠。

——2013 年 3 月 3 日

新朋旧友聚乌市①

新朋旧友乌市逢，
天赐兄弟姐妹情。
满座欢声忆旧事，
一席笑语生春风。
岁月磨得朱颜老，
情义尽在杯盏中。
英雄豪杰今何在，
今日正道西北风。

——2013 年 3 月 29 日

①乌市指新疆维吾尔自治区首府乌鲁木齐市。

清平乐·三十[1]

三十春秋，
韶华[2]如水流。
青春年少不回头，
豪情壮志未酬。

踏石有印前行，
万事和谐与共。
而今迈步重越，
快乐平凡人生。

——2013 年 5 月 9 日

①儿子三十岁生日。

②韶华是指美好的时光，常指春光。在文章中多用作形容时光。

零河水库[①]

白云悠悠天幕张，
红阴翠影入澄塘。
旧地重温[②]少年梦，
堪把故乡比天堂。

——2013 年 6 月 10 日

①零河水库位于陕西省西安市临潼区零口镇南 1.5 公里处。
②笔者少年时曾在该水库戏水游泳，此行与夫人同往重游。

霸陵祭屈兄[1]

白鹿原高悲恸涌，
霸水流泪静无声。
苍松翠柏肃然立，
屈兄安然眠霸陵。
人生自古谁无死?
兄弟情谊铸永恒。
生死阳阴两重天，
英灵依旧天地中。

——2013 年 10 月 3 日

①2013 年 10 月 3 日，与诸仁兄贤弟共赴霸陵祭西安交通大学第一附属医院屈新中教授。

忆江南·乡情

故乡好，
顽童情未了。
三十八年城里人，
梦里乡村常萦绕。
养育恩难报。

——2014 年 3 月 16 日

点绛唇·百日祭母[1]

春阳送暖，
祭母百日忆万千。
兄弟姐妹，
泪水流不断。

慈母音貌，
唯有梦中见。
平凡人，
大家风范，
美德世代传。

——2014 年 3 月 18 日

---

①2014 年 3 月 18 日，农历二月十八，慈母离世百日。

忆江南·思母

夜无眠，
慈影久萦怀。
养育之恩难报答，
阴阳相隔梦里见。
梦醒泪洗面。

——2014 年 4 月 2 日

母亲节追思

微风碧空燕飞翔,
人去院空野草长。
母植国槐阶前立,
游子凝望泪两行。
仰瞻遗像追旧事,
寄托哀情三炷香。
人生尽孝莫等待,
时过境迁空悲伤!

——2014 年 5 月 11 日

风入松·雨后遐思

雨后天晴生云霞，
飞虹连天涯。
燕翔碧空逍遥远，
展双翅，
自然无暇。
空气清新舒心，
陶醉自然芳华。

宇宙无穷任思遐，
玫瑰亦作茶。
绿水青山依旧在，
夕阳红，
温馨光华。
岁月如歌不尽，
真情永恒无涯。

——2014 年 6 月 5 日

浣溪沙·咏玫

姹紫嫣红娇玫瑰，
花瓣紧裹羞涩俊，
淡雅芬芳不染尘。

彩蝶恋花舞蹁跹，
绿叶滴翠映芳魂，
馨香无处不醉人。

——2014 年 6 月 13 日

后　记

《茗余集》(第一辑)的面世,得益于同窗、校友、同仁的热情鼓励,大力帮助,鼎力支持。我从未系统学习过古典诗词,诗词知识十分粗浅,但非常喜爱。常以诗词为载体,对人间真情、大美自然、名胜古迹、山水田园、游历所见、哲理名篇等予以铭记,作为明志、抒情、述怀、会友、交流之良具。

出版一本与所学专业相距甚远的书籍,乃爱好所使,夙愿所寄,情谊所托,更是诸位亲朋挚友期盼,领导关怀,同仁支持及抬举的结果。

值此付印之际,对在《茗余集》(第一辑)整理出版过程中给予帮助的各位同窗、校友、同仁,我要表达真诚的谢意!

感谢长安大学人文学院段联合教授为陋文作序并书法题写书名!

感谢陕西省食品药品监督管理局应宏锋副局长在百忙中审阅初稿并热情指导,真诚鼓励!

感谢西北大学出版社马平主任精心编辑,独具风格的设计并为出版所作的奉献!

感谢我的同窗、校友、同仁在文稿整理、打印、校核等工作中的热情相助,无私支持和默默无闻的奉献!

朱志峰

2015年12月

图书在版编目(CIP)数据

茗余集(第一辑) / 朱志峰著. —西安：西北大学出版社,2015.11

ISBN 978-7-5604-3818-4

Ⅰ.①茗… Ⅱ.①朱… Ⅲ.①诗词—作品集—中国—当代
Ⅳ.①I227

中国版本图书馆 CIP 数据核字(2015)第 303267 号

茗余集(第一辑)

作　　者:朱志峰
出版发行:西北大学出版社
地　　址:西安市太白北路 229 号
邮　　编:710069
电　　话:029-88302590
经　　销:全国新华书店
印　　装:陕西向阳印务有限公司
开　　本:635 毫米×965 毫米　1/16
印　　张:15.25
字　　数:200 千字
版　　次:2015 年 12 月第 1 版　2015 年 12 月第 1 次印刷
书　　号:ISBN 978-7-5604-3818-4
定　　价:36.00 元